KB180865

밤빛

작 가 와 비 평
시 선

밤빛

이채현 시집

작가와비평

시인의 말

마음이 막 달음질치는 어둠의 터널. 그건 생각이야. 두렵고 무거운 덩어리. 살짝 걸음 떼, 꽃잎 같은 숨을 한 번 쉬면, 별무리 쏟아지는 걸. 그게 희망인가.

차례

2부

3부

4부

5부

6부

1부

길 1

머리에서
가슴까지
길 따라
꽃나무를 심는다.

봄이면
남녘에서 북녘으로
꽃이 피어
꽃이 나리고,
가을이면
북녘에서 남녘으로
단풍 피어
잎이 나리고,

가슴에서 머리로
머리에서 가슴으로
지천이 수놓인 비단이어라.

길 2

손발에서
가슴까지
가는 길에
밭을 만든다.

걷다가
여름 태양에
손발이 뜨거우면
그늘 같은
마음을 캐고
걷다가
겨울바람에
손발이 차가우면
별 같은
마음을 캐고

손발에서

가슴까지

가는 길에

지천은 파묻힌 보물이어라.

혜안(慧眼)

마음이 가난한 사람들,
슬퍼하는 사람들,
온유한 사람들,
의로움에 주리고 목마른 사람들,
자비로운 사람들,
마음이 깨끗한 사람들,
평화를 이루는 사람들,
의로움 때문에 박해를 받는 사람들,*

특별히
축복받은 그런 사람들.
큰 소나무 옆 작은 풀잎인 나도 눈 뜨네.

* 마태 5, 3-10('참행복')

벌써 매화(梅花)가 피었어요

엄마

기도가

열렸어요.

애(愛)가

태어났어요.

하얀 시간에

하얀 꽃

톡

불거져 나와

점점이

하늘에

박혔어요.

야생화

참 수수하다.

이름을 물었다.

그런 건 없다고 했다.

깊은 산골 속

태양 따라 도는 윤회(輪廻)에서

지금,

여기,

그대가 다가와서,

찬란히 만나고 있는 찰나(刹那)의 점(點)이라고 했다.

도정(搗精)

늪에 흰 두루미들 노닐 듯
산하에 흰 벚꽃 만개하듯

누런 껍질
깎여
너른 논에 하얀 사람

큰 그릇에
아버지가 지으시는
밥

하늘 아래 뉘여
먹히고파

질그릇

갈색 나무, 오색 꽃잎, 초록 산, 금빛 강물, 파란 별, 노란 달, 빨간 태양, 검푸른 바다, 무채색 바람, 새하얀 눈, 은빛 비, 점박이 강아지, 회색 새…

하늘빛에 구워지는
나, 질그릇

하늘을 담을 수 있겠다.

꽃

봄 꽃밭 속
부끄러운 아가씨
숨 멎은 붉은 입술로
시커먼 귓불에 속삭인다.
너른 가슴팍이
꽉 껴안고 말았다.
먼 길 와
반가운 이.
지금처럼만 살자.
시간이 도둑처럼 살금살금 빼앗아가도
영원은 있는 것.
별처럼
달처럼
해처럼
그렇게.

사랑아

또 넘어졌다.
또 일어섰다.
함박웃음에 두 팔 벌려 응원해주는 이들 품속으로
비틀비틀
폭 안긴다.
사랑아,
너는
이제
걸을 수 있어.
꽃길
들길
산길
가시밭길
걷다가
헤진 손발엘랑
새살 돋아나니

아파도

많이 웃어.

작은 새

내 숨소리가 너에게 황량한 바람소리가 아니었으면 좋겠어.

노래였으면 좋겠어.

너의 발치에 날아 앉아

너의 웃음을 기다릴 거야.

행여 네가 아플까

행여 네가 다칠까

마음은 보이지 않는 거라

밤새, 나뭇가지에서 끙끙거렸어.

새벽녘, 내 조잘거림에 네가 문을 열고 포근히 안아 준다면…

정말 좋겠어.

나는 맘껏 날 수 있을 것 같아.

햇살 같은 환희로.

수심(修心)

마음은 뿌리
깊어져야
굵어져야
땅 위로
한 아름 가지
한 아름 잎
한 아름 꽃
한 아름 열매
그래서
어둠 속
수 천 번
뒤척인다.
바람 불어 흔들 때
더
땅에
내려간다.
고목(古木)같이 커 가고 싶다.

가로수(街路樹)

간절히 저 가로수처럼 이고 싶다.

그러려니 했다.

때가 되어

잎 떨어지려니 했다.

그리고

무심히 그 밑을 지나다녔다.

이월, 오늘 아침

줄 선 나무에

실핏줄

꼿꼿이 뻗어나 있다.

보송하다.

벗고 벗어

앙상한 뼈마디로

묵묵히

그 칼바람

견뎌냈으니

너희들은 살 자격이 있다.

겸허한 순응을 실천해낸

너희들은 봄을 맞을 자격이 있다.

산(山)

검푸른 산,
가도 가도 깊은 골 벼랑길.
하염없이 걷다가
너무 힘겨워 그만 가고 싶은데
긴 어둠에서 나오고 싶은데.
말없이 누워 있다.
마냥 그렇게 걸어가라는 듯.
가다가
길에 앉아
지나가는 바람에 땀 식히고
흘러가는 구름에 노래 흥얼거리고.
일어나
또 가라 한다.
가다가다 보니
두 팔 벌려 산을 품에 안겠다.

나비 1

밖
안
층층이
기어오르는 애벌레.
꼭대기에서
털썩 내려앉으니
난다.
시멘트 바닥 속
민들레 꽃잎에 닿았다.

나비 2

꿈을 가지세요.

나를 보세요.

애벌레인 내가

되었어요.

천사 같은 꽃잎에

날아 앉는

나비가 되었어요.

정말 몰랐어요.

우리 모두는 될 수 있어요.

쉬지 않고

날려 한다면

훨훨 날아

그대 가슴에도 앉을 수 있고

천국의 정원에로도 날아갈 수 있을 거예요.

2부

마음

장대비야,
내려 나 좀 씻어 주렴

바람아,
불어 나 좀 날려 주렴

샘아,
솟아 나 좀 채워 주렴

햇살아,
열어 나 좀 안아 주렴

꽃향기야,
날아 나 좀 품어 주렴

속

담아두면 익을까.

입 저 바닥에

뭉글뭉글

한 조각씩 떼어

삼키면

너는 모르겠지.

너는 내가 깊은 사람인지 알겠지.

납덩이

가라앉아

숨쉬기도 무거운 사람인지 너는 모르겠지.

어느 날

모두 토했어.

나는 가만히 서 있었고

등 뒤에서

가슴으로

햇살이

통과하여

나도 모르게 모든 것이 나왔어.

깔깔거리는 가벼운 웃음이 나오더니

검은 그림자가 뒤 따라 나오는

내 속은 그런 걸.

내 속까지 안아주는 너라면 얼마나 좋을까.

뒷모습

서로 화내고 돌아서 긴 복도를 걸어가는 이.
멀찍이서 바라보는데
이상하다.
밉지 않다.
가는 이의 뒷모습은 어느 스산한 가을날.
꼬깃꼬깃 접힌 세월이
써 내려가는
저마다의 얘기.
등이
아파오나 보다.
서글퍼지나 보다.
어깨 위에 툭 떨어지는 낙엽이라도 되어
쓰다듬고프다.

바닷가에서

푸른 바다
머리 숙여 들여다보면
하얗게
부서지는 파도와
누군가.

드넓은 바다야,
내 좁은 가슴에 들어와
좀 씻어주렴.
생각할 수 없는 이 생각을.

흐느끼는 파도는 어쩌나.
밀려오는 그대는 어쩌나.

봄 따라 가신 울 아버지

진달래꽃 그리도 붉었지.
개나리꽃 그리도 노랬지.

그러셔서 울 아버지
봄 속으로 걸어가셨나.

그러셔서 울 아버지
꽃향기에 길 잃으셨나.

그러셔서 울 아버지
하늘로까지 가버리셨나.

울 아버지 그러셔서
하얀 꽃비 우는 봄 속에 사네.

강 저편

자꾸 돌아본다.
냇물에
떠다니는 잎
울컥울컥
목에
걸린다.
가시 같은
그리움에
아프다.
갈 수 없어
볼 수 없어
건너온
강섶에서
기웃기웃
고갯짓해댄다.

서럽던 어느 날

나무가
긴 머리 타래밀고 울고 있다.
참고 참더니.
운다.
울어라.
실컷 울고 나면
눈물도 마르니.
약자(弱者)인
너와 나는
오늘
마음껏 울어버리자.
보고 싶다
돌아가신 울 아버지.

순간

원형 시계

초침(秒針),

아버지 하늘나라 가시고

뾰족구두 신고

뽀드득

더 세게 밟는다.

묶어 두고 싶다.

날아다니는 새.

묶으려니

참 슬퍼진다.

새는 묶을 수 없는 것.

아버지 하늘나라 가시고

새들을 자꾸 묶으려든다.

아가야, 너처럼

발간 속살
아가야,
울고 있니.
나도
그렇게 울었었는데
왜 울었는지
몰라.
언젠가부터
나는
울면서 우는 이유를
알았지
울게 되는 이유를 알면서
울었지.
울고 있으면
아가야,
너처럼

울 아버지

울 엄마

꿈속에 달려온다.

굳은 살 밴

나를 안으러.

꿈속에서

또 울었다.

선인장

자르고
잘라도
자란다.
떼어내려
떼어내려 해도
붙는다.
흔들고
흔들어대도
돋는다.
따갑고
따가워
태양 아래
뻘뻘 땀 흘리며
피는
꽃잎은
울고 만다.

꽃샘추위

며칠간 아팠습니다. 열이 나고 기침을 하고 콧물이 흐르고 침도 삼키지 못하고.

그런데 이 때, 건강할 때의 허영이 사라졌습니다. 삶이 무엇이냐며 빈방에서 하루 종일 푸념하던 사치를 하지 않았습니다. 머리로만 의미를 부여하려던 객기도 꺾였습니다. 사랑이 덩그렇게 곁에 숙제로 남았습니다. 어느 정도 추스르고 일어난 지금, 여전히 내가 불쑥불쑥 튀어나오고 그다지 변하지 않는다 하더라도 조금 더 기도하며 살겠습니다. 생명의 샘. 꽃샘추위가 참 매서웠습니다.

기도

어젯밤, 눈물을 보셨을 겁니다.

파삭거리는 나뭇잎만한 저의 흐느낌.

사랑을 짊어지고 가기가 무거웠나봅니다.

네 믿음이 너를 구하였다라고 하신 그 믿음을 슬쩍 한 곁에 밀어 두었나봅니다.

하루하루 사는 것이 십자가의 길이라며 은근히 교만하였나 봅니다.

제 그림자에 가려 다른 이는 보이지 않았나 봅니다.

밤을 더듬어 아침이 되고 보니,

어젯밤 흐르던 눈물은 나를 위해 저절로 흐르다가

말간 오늘의 강에 닿게 하시려 하셨음을 헤아립니다.

정도(正道) 1

지하철 길,

거미줄 같다.

거미가 천장에 길을 만들어가듯

사람이 땅속에 길을 만들어간다.

거미가 되어 그 길을 따라갔다.

방금

47년 한 길을 걸어오신 문인의 시상식을 보고 오는 길,

갈아타는 길을 연거푸 방송하는 지하철 속에서

갈아탈 틈만 보던

길 앞에서

노력이란 단어를 떠올렸다.

슬쩍

눈 감아버리고 싶던

양심 앞에서

사람들을 보았다.

돌아서서 도망가려다가

생즉사 사즉생(生卽死 死卽生)
절벽 앞에 서기로 했다.

정도(正道) 2

흔들렸다.
먼 길
험한 길,
가로질러
빠른 길
너른 길,
가고 싶었다.

누군가 속삭였다.
'그러지 마'

콩 심으면 콩 나고
팥 심으면 팥 나는
땅,
땅 같기만 하다면

척박한 땅 같아
꿈을 심고 싶다.
땀을 심고 싶다.

고해성사(告解聖事)

눈(眼)은 나를 볼 수 없습니다.
거울로 나를 볼 수 있습니다.
내 겉만을 볼 수 있습니다.

당신 앞에 서면 내 속이 보입니다.
까칠한 내가 보입니다.
부끄러운 내가 보입니다.

닫은 벽들입니다.
지른 손가락들입니다.
울린 눈물들입니다.
검은 속들입니다.
이밖에 알아내지 못한 죄도 용서하여 주소서.

당신이
새하얗게 용서하셨음이니

문밖 나서

새하얀 눈(雪)이 되겠습니다.

잡초

눈 뜨면 드리는 기도 한 소절, 이슬방울 구르는 파란 손으로 넘기는 신문 갈피 속
검은 글씨.
채 마르지도 않은 잉크냄새 풀풀 날리며 달려와
숨 가삐 하는 소리.
『나는 더 이상 착하게만 살지 않기로 했다』
책 속 깨알 같은 글씨 훑으면
손 펴고
팔 벌려
창 앞 나무처럼 되나.
그렇게 되나.
밟혀도 내가 밟히고
아파도 내가 아프고
울어도 내가 울고
그렇게 살아도
하늘가 잡초는
성(盛)하다 하시는 듯한데.

정화(淨化)

풍랑이 일어나나봅니다.

차곡차곡 쌓아둔 기억이 헝클어 쏟아집니다.

저 밑바닥에서 잠자던 물고기들이 어둠 속에서 튀어 오릅니다.

부초들이 날아다닙니다.

물살이 회오리칩니다.

그러다가

그러다가

가라앉아

맑은 얼굴입니다.

밝은 아침.

부끄럽습니다.

당신,

참 좋은 사람입니다.

숲길

숲길 걷는데
태양이 지고
밤이곤 했지.
천천히 걸어오는 시간
속에서
간혹
시냇물이 소곤거리고
햇살이 간질이고
바람이 노래하고
잠시 멈춰
나는 충만하기도 하네.
미지(未知)의 길에 놓인
징검다리
하나 위에 서 있네.
추스르고 또 가야 하는 길.
순간의 벽 앞
창을 여네.

3부

깊은 슬픔

골목 속 음지(陰地),
조금도 정의롭지 못한 듯
조금도 아름답지 못한 듯
조금도 사랑하지 못한 듯
아, 세상
이 겨울 지나면
봄은 온다.
잎은 돋을 것이고
꽃은 필 것이고
새는 날아 앉을 것이고
그것만으로도
살아야 할 이유라면
아, 사람아

눈(雪)

허공에
흩날린다.
바람에
온 몸을 맡겨
산에도
들에도
강에도
길에도
나무에도
지붕에도
내려앉지 못한다.
마음에
잠시
앉으라 하여도
귀 막은 듯
날고 날기만 한다.

바람아,

진정한 사랑을 배우렴.

세상아

내가 행복하면
세상도 행복해 보인다.
세상이 행복하여
내가 행복하면 더 좋겠다.
세상아,
너도
사랑을 하렴.
불면의 밤을 지새우고
겟세마니에서 예수님처럼 기도하고
십자가를 짊어지고 골고타를 오르고
벗을 위해 목숨을 내놓고.
그럼
너도
부활의 아침을 맞을 수 있지 않을까.
칡넝쿨 같은
담쟁이 같은
사랑을 하렴.

군중(群衆)

파도 같아.
바람 같아.
뭉친 고함소리,
'예수를 못 박으시오'
나 같아.
흔들리는 갈대밭 같아.
일어서면
꿈틀거리는 틈바구니로
빛을 끌어내는
사투(死鬪).
둑은 터지더라.
장강(長江)으로 닿아야 하지.

동물원

담 안에 동물들이 모여 있다.
사방이 벽이다.
줄 맞춰 나란히 서서
연설도 듣고
박수도 친다.
웃기도 한다.
호랑이가 으르렁거리고
사자가 킁킁거리고
원숭이가 날아다니고
벽에 숨어야 하나
벽을 부숴야 하나
무서워서
한 모퉁이로 가서
날갯짓하다가
부딪혀 떨어지고 말았다.
찰나

하늘을 보았다.
밖을 보고 나니
더 아프다.

침묵 속에 묻힌 사람들

눈 감아버리면 없나.

귀 막아버리면 없나.

죽어가면서까지

사랑하며 간 사람들.

가슴에 어찌 묻나.

말 없는 산하(山河)

붉기도 하여라.

산길

굽이굽이

내려오며 하늘을 보았네.

미어지는 가슴 쥐어뜯으며 하늘을 보았네.

꽃송이송이

하늘에 살아 있다하시네.

바위 틈바구니에

야생화 피어 웃고 있듯.

이 땅에서도 잊히지 않아야지.

두 손 두 발

걸어 부치고

역사(歷史)의 논밭을 매야겠네.

시골집 토담 벽은 남아 있는데

아저씨가
장작을 팼다.
토담 벽에
켜켜이
쌓았다.
손들이
포개졌다.
가지런하기도
그 어느 겨울에
우리는 웃었다.

아저씨가
누웠다.
패졌다.
토담 벽에
층층이

쌓였다.

바람이

포개졌다.

쓸쓸하기도

그 겨울 이후 어느 날

우리는 울었다.

잠시

하늘을 볼 때마다

아저씨가 생각난다.

사랑하기에

아침에
주문처럼 외우는
기도,
'사랑 많은 사람이 되게 해주십시오.'
그런데
파도처럼
너울대는
고통,
솜처럼 무거워지네.
섬이
되어 버릴까.
아니
그래도
머리
눈
귀

마음
가난하고 싶네.
아픈 새
앉아 우는
빈 가지이고 싶네.
당신처럼.

눈물

삼키는
강에 닿았나.
바다에 닿았나.
영그는
눈 되어
비 되어
봄 길에 닿았나.

엄마

사랑,
이것
엄마의 천형(天刑)
끊어지지 않은 탯줄에

불뚝불뚝
성당 고해소에서
'엄마를 사랑하지 못했습니다.'

돌아오는 길,
자그마한 엄마가 길섶에 나와 계십니다.
엄마는 너른 땅입니다.

나는 부끄럽습니다.
늦기 전에
사랑,
이것

생각나무

이 마디에서 또 마디가
나뭇가지 자라듯
골방에서
허공에
선을 그었다.
뚝뚝 부러져간다.
좌판에 떨어졌다.
접었다.
더 주었느니
덜 받았느니
하는 계산은 그만 해야 한다.
한 잠 자고 일어나면
또 일 나가는
울 오빠
울 언니
흙냄새 맡으며

여린 마디 눈에
망울을 매달았다.

말(言)

사뿐사뿐 걷고
하늘하늘 날고
새근새근 숨쉬는
새 같아야.

박힌 못 같아서는
안 되는 것.

깊이 박힌 못을 뽑아내고 싶은데
하나씩 뺄 때마다
좀 살 수 있을 것 같은데
검붉은 멍 언저리를 맴돌다가 나오곤 합니다.

돌아서서 집 안에 피어 있는 꽃을 보려고 해야겠습니다.
검은 꽃 가득해도

지고 피다 보면

튼튼해지겠지요.

그런 사람들

흐드러지게 핀 꽃만
사랑하게 되는
육(肉)의 노예.
우리는 그런 사람들이라네.
껍질 깎고 깎아,
지는 꽃
남루하고
허약하고
부서져가도
길가에서 어루만지며
반겨주는 사람아.
사랑할 줄 아는 사람아.
우리는 그런 사람들이라네.

우리는 그런 사람들이라네.
언뜻언뜻 누런 땅이 되고

언뜻언뜻 파란 하늘이 되고
짜이는 한 폭 생(生)이라네.

사계(四季)

라디오에서 비발디의 '사계'가 흐르는데
잡지에 지구온난화로 무너져 내리는 빙하가 보인다.

겨울 같은 마음
여름 같은 머리
그래서였나.

( )같지 않은 것이
(봄, 여름, 가을, 겨울, 하늘, 바다, 산, 강, 눈, 비, 나무, 꽃, 사람, 나…).

겨울 같은 머리
봄 같은 마음
여름 같은 손발
가을 같은 등
그래야 하나.

시지프의 하루

새벽녘,
커다란 산

또
산을 올라야 하는구나.

쳐다보면
높기만 하다가

고(苦),
인(忍),
각(覺),

해질녘,
산 내려오고 있구나.

오늘도 바위를 굴려 올렸구나.

기다림

긴 갈망(渴望)에
긴 인고(忍苦)에
긴 시간(時間)에
열고,
화들짝
껴안고
덩실덩실
춤추다가
닫고.

기다림은
인생길에
서 있는
살며시
오고,
가는,

간이역(簡易驛).

어둠을 뚫고

와서

햇살을 두고

가세요.

가을

늦게 가는 마음에 햇살이 걸터앉아 파리하게 웃는다.

지나온 봄의 찬란함과 지나온 여름의 성(盛)함에 도취되어 벗어야 할 옷을 벗지 못하고 문 앞에서 서성인다.

바람이 허공을 가로질러 이슬 젖은 땅에 내려놓더라도 가볍게 파삭거리는 발자국으로 가야 할 곳에 서서히 들어서야 하는 걸.

어느 누구도 흐름을 막지 못하는 시간의 강에서 역류하지 못하는 물고기의 퍼덕임도 저무는 달빛에 잦아든다.

생(生)의 가을에 빈산에 서게 되더라도 오던 길 돌아보면 하늘에 걸린 빛 따라 걸어왔음에 웃을 수 있으려나.

감사

쭉정이 많은 이삭에
밀 한 알만 있어도
선한 사람,
그것
눈에 들어와.

조금씩 비워주셔서
감사하네.
조금씩 비워져서
밀 한 알
귀한 것 아네.

나이 들어 이르는 곳,
누런 밀밭.

4부

그대 있어 살겠네

한 다발
꽃을 등에 지고 간다면
한 아름
이슬을 머리에 이고 간다면
가시밭길이라도 춤추며 가겠네.
그대에게 가는 길.
아가 같아.
마냥 좋기만 하네.
몇 날이고
몇 달이고
몇 년이고
마냥 그대 있어 살겠네.

겨울나무

그대에게
좀 기대면 안 될까요.
바람 부는 대로
흔들리는 대로
구부러지는 대로
꺾이는 대로
좀 그러면 안 될까요.

노을이 진다고 슬퍼하지 않아요.
밤이 온다고 무서워하지 않아요.
잠이 든다고 두려워하지 않아요.
눈 뜨니
금빛 햇살이 쏟아지고
그대가 내 곁에 있네요.

갈수록 큰 산

산,
너는 높고 커
오를 때는 몰랐네.

당신,
산처럼 큰 이
이제야 눈에 보이네.

반보(半步)로만 걷게 하는
등
그래서인가보네.

문득문득
고개 들어 보면
항상 거기 있네, 당신

순명(順命)

지며
피며

'예'
꽃은 대답합니다.
나무는 대답합니다.
태양은 대답합니다.

나는
하루에도
수 십 번
'아니오'

당신처럼
죽지 못해
살지도 못하네.

당신 길

'예'

따르기만 하면 되는 걸.

말씀

씨 뿌리는 사람이여

오늘도 길이었습니다.
새들이 날아와 쪼아 먹어 버렸습니다.

오늘도 바위였습니다.
물기 없어 메말라 버렸습니다.

오늘도 가시덤불이었습니다.
숨이 막혀 죽어 버렸습니다.

씨 뿌리는 사람이여
언제 기름진 논밭 되어 열매 맺을 수 있을까요.

소 되어
논밭을 갈겠습니다.

참회

가장 사랑 많아 가장 약한 이.

십자가의 죽음을 받아들이시고 그렇게 가신 당신의 사랑의 방식을 나는 모르겠다며 고갯짓해댔습니다.

탕자인 작은 아들을 먼발치서 하염없이 기다리고 있다가 품어주는 아버지 앞에서, '못 박으시오'라고 소리쳤던 저는 가슴을 칩니다.

어둠의 한 가운데에서 보고도 보지 못하고, 들어도 듣지 못하던 그 사랑이 희뿌옇게 헤아려집니다.

하나 어찌 감히 저의 얕은 생각과 좁은 마음으로 당신의 그 큰 사랑을 가늠할 수 있겠습니까?

가장 사랑 많아 가장 큰 이.

밤빛

밤바다
검기도 하여라.
흔들리기도 하여라.
두렵기도 하여라.
아스라이
노 저어가는 별 하나,
따라
나도 겨우 갔네.
가다가가다가
불빛 환한 뭍에 닿았네.
돌아보니
내가 한없이 작던
당신만 읊조리던
칠흑의 어둠 속
그때
거기.

당신,

되새김질하라 하시는 밤빛이시네.

산정(山頂)에 서니

영(靈)인가.
높은 산 푸른 나무 사이
누런 골 시냇물 사이
얼굴 없이
오르는
얼굴 없이
내리는
한 줄기
영(靈)인가.

저 하늘까지
저 땅까지
온 몸인
영(靈),
너는 참 목숨이구나.

독백(獨白)

거울 앞에 낯선 이 하나 서 있습니다.
볼 때마다 낯이 섭니다.
누구.
나를 담고 있는 그릇인가요.
조그마하군요.
키도 작고
머리도 작고
발도 작고
큰 건 언니가 소 같다던 눈뿐인 것 같네요.
씻고 거울을 들여다봅니다.
낯이 더 섭니다.
우리는 어디서 왔을까요?
우리는 어디로 갈까요?

흐르는 시간 속 구르는 시간

강둑에서 억새풀 흔들리듯
미끄러져 간다.
나무에서 벗어나서
나뭇잎처럼
꽃에서 벗어나서
꽃잎처럼
돌에서 벗어나서
흙처럼
날름날름 혀 내미는 찰나(刹那)에
옷 벗어주고
발개진 몸으로
산기슭 물방아 딛고
돌고 돈다.
짓이겨진 발은
푸릇한 볕으로 감싸 안고
굽어진 허리는

시냇가에 잠시 뉘였다가
논밭 사이
뱀처럼 좁고 구부러진 강을
흐르고 흐른다.

십자가(十字架)

당신을
십자가에 못 박던 손
그 손입니다.
당신을
십자가에 못 박던 사람
그 사람입니다.
접니다.
몰랐습니다.

사람들이
십자가에 못 박는 손
제 손입니다.
사람들이
십자가에 못 박는 사람
제 몸입니다.
이제야
당신을 알겠습니다.

마지막 잎새

나뭇잎이 비바람에 떨어졌다.

간 밤

너의 나무에

나의 나무에

마지막 잎새가 살아 있다.

당신이십니다.

이리도 사랑해주시는 이.

당신 안에서

당신은 겨울에 찾아오셨습니다.
죽을 듯 싸늘하던 강가.
당신에게 안겼습니다.
얼어붙은 땅을 뚫고
파란 싹 돋아 주셨습니다.
당신 조금 더 가까이서 보고 싶어
자라려고
발뒤꿈치 들어 안간힘을 썼습니다.
그런데
키가 자랄수록 흔들렸습니다.
흔들리는 대로 흔들리다 보니
아팠습니다.
슬펐습니다.
당신이 너무나 그리웠습니다.
그리다가
그리다가

어느 날 알게 됐습니다.

품에 알곡이 조롱조롱 달린 걸.

당신 서 계시는 들녘에서 고개 숙입니다.

맑은 기쁨

파
들어가고 들어가는
산,
나 같네.
어둔 굴
바늘 귀

시골 아낙이
퍼
가는
샘 같았으면.

성당
맨 앞
할아버지, 할머니들
기도하는 순간 같았으면.

하얀

눈(雪) 같아

환희로

어쩔 줄 모를 것 같네.

나무

어둔 밤
눈 떠보면
고갯길
혼자 넘는다.
오르막을
혼자 오른다.
숙명.

바람이 분다.
작은 떨림
나무 같게 하시니, 너와 나.
가지 피어 서로 어루만지라 하신다.
천명.

사람아

하늘에 이르는 길,

새들이 날자 한다.

땅에 살아

땅에 산다니

꽃이 좋아 꽃이 되고

나무가 좋아 나무가 되고

강물이 좋아 강물이 되고

그러며 살겠다니

사람이 좋아 사람이 되고

사랑이 좋아 사랑이 되고

그러며 살겠다니

그럼 되었다나.

하늘이 그립거든

동백화(冬栢花) 이고 지고 오는

봄처럼 피라신다.

꿈

무착(無着),
무아(無我),
무념(無念),

사랑 꽃,
피듯이

5부

가을 엽서

1

네가 앞에 걸어간다. 너는 왜 앞에서만 걸어가니? 나는 왜 네가 가고 나서 종종걸음으로 뒤쫓아만 가게 되는 걸까? 너의 속, 깊은 숲 같아.

2

투박하게 쓱 던지곤 하지. 그럼 나는 그걸 안고 끙끙거리며 조각하고 있지. 칼 끝으로 잘려나가는 네가 많을지도 몰라. 손으로 먼지만 툭툭 털고 내 속에 심고 싶어. 그래서 뿌리내리고 사는, 너 채로.

3

마음이 꽃잎 같았었는데 바위 같아져버렸다. 너를 알고 긴 세월, 천둥 치고 비바람 속. 나는 두 눈, 두

귀 얼어붙어 입 닫혀 버린 돌이 되어 버렸네.

4

영혼의 침략자가 되지 말 것. 영혼을 재단하려 하지 말 것. 종종 그런 우(愚)를 범한다. 뒤척이는 나무처럼 내가 괴로워서 안 되겠다. 잘 알 수 없지만, 그들의 틀에서 해석하도록 하자. 그들이 흐르는 강을 따라가며 꽃잎도 줍고 돌멩이도 건져내고 퍼덕이며 사는 고기가 되어야 하네.

5

한 치 앞이 보이지 않는 안개를 만났다. 그래도 차는 달려야 했다. 감각으로만 갈 수 있었다. 감각, 살아가면서 몸 어딘가에 살아있도록 익혀야 함을. 그래서 반사적으로 툭툭 튀어나오는 사랑의 몸짓.

6

생각이 많아 떠나지 않을 때, 연못에 고인 물 같을 때, 누군가 때문이라면 그 때 그에게 새처럼 날아 앉아 인사를 건네십시오. 빙빙 돌던 생각이 마침표를 찍으며 무거운 짐을 훌훌 벗어 던진 것 같아질 거예요.

7

온 거면 된 거다. 한 거면 된 거다. 있은 거면 된 거다. 스산한 바람 불어대는 늦가을 밤, 살아가면 된 거 아닌가. 문득문득 웃어도 섬은 헛헛하다. 누구나 혼자 아닌가. 긴 목이 춥다. 쓰다듬는 달빛, 엄마 같다.

8

나무를 만들려고 했다. 거기에 꽃도 만들려고 했다. 하늘을 만들 수 있는가. 나무가 자라 꽃이 피는 때, 그때라는 것이 있는 걸. 먼저 가려는 발이 부끄럽다. 진인사대천명(盡人事待天命)일 뿐 아닌가.

9

영하(零下)의 기온, 차갑다. 몸은 추운데 마음은 맑다. 파리한 이성(理性)이 느껴진다. 가로지르며 새 한 마리 날아간다. 주인이 된다는 것은 뭘까? 주인이 될 수 있을까?

10

가을이 깊어간다. 내 시(詩)들에 대한 무의미함에 예

의를 표한다. 순간적인 진실일 뿐인 것들에 대한 내 양심이 보내는 인사. 덧없어도, 우리는 태어났잖아.

6부

사랑

몇 년 전 사랑하는 아버지를 하늘나라로 떠나보냈습니다. 참 슬펐습니다. 참 후회되었습니다. 더 잘 해 드리지 못하여. 더 사랑 많이 해 드리지 못하여. '사랑'의 길에서 '나'는 '타인'을 끊임없이 수용해야 될 것 같습니다. 타인의 소중함과 귀함을 깊이 깨닫고 소소한 갈등은 깊이 숙고해 가며 승화시켜 나가야 하는 길인 듯합니다. 그 '사랑'이 영글고 성숙하면 '내'가 없어지고 '새롭게 태어나는 내'가 있음을, 그리고 '그 내' 눈 속에 타인의 눈물과 아픔과 기쁨을 담아냅니다. '사랑'의 생명력으로의 충만함은 우리의 온갖 생각과 마음과 행동을 행복하게 하며, 어떤 어려움과 고난도 극복 가능하게 하여 선한 결과를 맺게 할 것입니다. 그래서 하느님은 우리에게 그토록 '사랑하라' 하셨나 봅니다.

틀 속의 삶

나는 나 자신을 항상 무엇인가로 싸매고 있었던 듯싶다. 나를 한 번도 그 무엇에 던져본 적이 없는 듯하다. 무엇인가 노심초사하고 걱정하고 조심스러워하고 한 번도 나를 놓아본 적이 없는 것이다. 나는 내 앞에 놓인 길만 따라갔다. 저 멀리 어떤 길이 있는지 보려고도 하지 않은 듯하다. 머리에 삶을 얹고 두 손은 옆에 딱 붙인 채 앞만 보고 걸어온 것이다.

삶은 나를 풀어헤쳐 땅과 사람과 하늘과 한바탕 씨름을 하며 흙 범벅이 되어 보는 것이 아닐까? 머리와 가슴과 손과 발이 함께 하여 나를 상황에 투신하는 것일 것이다. 잘 정리 정돈된 집안의 먼지 하나 없는 거실이 아니라 발자국도 있고, 땀 냄새 밴 옷가지도 널브러져 있고, 어제 밤 톡탁이던 목소리도 남아 있는 곳이 삶인 것이다. 규격화되고 정형화된 삶은 많은 삶의 본질을 잘라내고 있다. 때로는 불편함이 있고, 상처가 되고, 어려움이 있을 수도 있으나 될 수 있으면 삶의 본질에 몰입하고 끊임없이 해답을 찾아가며 살아가야 하지 않을까?

밤길

지천의 나무들은 초록물감을 뿌려놓은 듯 이리도 싱그러운데, 왜 우리가 사는 세상은 이리도 요동치는가? 혼란스러웠다. 지구 곳곳에서는 전쟁의 참극이 가시지 않고, '사랑'은 부서진 생명 앞에서 무력하기 그지없고, 불평등 앞에서 희망과 노력은 그 빛을 잃어가고… 한계와 모순투성이의 우리들 세상은 한 편으론 그렇게 굴러가고 있는 듯하다. 집으로 오는 지하철은 사람들로 붐볐다. 밖은 컴컴했다. 작은 선(善)들이 모여 어둠을 걷어낼 수 있을까? 작은 선(善)들이 옷을 벗고 활짝 피어날 수 있을까? 저마다 자기에게 몰두해 있는 사람들 속으로 도회의 밤은 깊어갔다. 무거운 발걸음으로 걸어오는 길, 올려다본 밤하늘에 별 하나 빛나고 있다. 이 검고 좁은 마음속에 우주가 내려앉는다. 바늘구멍 같은 작은 마음의 틈새로 큰 사랑이 가느다란 실이 되어 빛나며 잡으라 하신다. 희망의 빛이다. "태양이 구름에 가려 빛나지 않을지라도 나는 태양이 있음을 믿습니다. 사랑이라곤 조금이라도 느껴지지 않을지라도 나는 사랑을 믿습니다. 하느님께서 침묵 속에서 계시더라도 나는 하느님을 믿습니다." 제2차 세계대전 중 독일 쾰른, 군사용으로 건설된 지하 동굴 속에 새겨져 있는 글을 되새기며 밤길을 간다.

마음의 밭

찍찍 갈라진 마음 밟고 가다가 가다가 보면 천 갈래 만 갈래 찢어진 갈등으로 얼룩진 투쟁장이다. 엉킨 실타래의 숨겨진 끈은 찾을 수도 없이 더욱 더 꼬여간다. 상처를 소독하고 거즈를 붙이는 일시적인 봉합은 있을 수 있으나 삶의 뿌리는 깊이 썩어가고 가지와 잎은 온통 말라가고야 만다. 왜 이렇게 되는가?

절망, 분노, 원망, 미움과 같은 부정적 생각과 감정들이 들어오라고 말하지 않아도 덜컥 찾아와 사랑, 희망, 꿈과 같은 긍정적 감정들을 내쫓고 척 버티고 앉아 버리는 것이다. 아! 우리는 이 길로는 가지 말아야 하는데…. 이것들이 바뀌어, 사랑이 미움보다 희망이 절망보다 더 빨리 찾아오고 더 오래 버티고 있다면 우리네 삶은 어떨까?

마음의 주인이 되기란 참으로 어려운 듯하다. 나가라고 아무리 밀어내도 붙어 있는 이 난감한 불청객은 온갖 말썽을 다 부린다. 속에서 말없이 터지며 조용히

괴롭히든가, 밖으로 세게 분출하든가. 이 길, 저 길 따라 생각을 밟고 밟아 휘휘 몰아내면 조금씩 꿈틀꿈틀거리다가 그제야 기척을 하고 슬며시 곁을 떠나간다. 열려 있는 마음으로 숙고하고 기도하는 가운데 그제야 그것은 힘이 빠져 슬며시 패잔병이 되는 것이다.

침묵

2014년 4월 16일 아침(세월호 사건), 우리에게는 너무나 슬프고 아픈 일이 일어났습니다. 봄은 피어나고 있었지만 우리의 사랑하던 자녀, 친구, 이웃은 뚝뚝 지고 말았습니다. 견뎌낼 수조차 없는 이별의 고통을 뒤덮고 흐르는 세상의 침묵은 깊어가기만 합니다. 잊혀져가는 것이 가장 큰 두려움이라는 어떤 유가족의 비통한 고백 앞에서 우리는 무엇을 해야 할까요? 죽어가는 순간에도 너무나 사랑하며 간 이들 앞에서 우리는 어떤 모습을 보여야 할까요? 침묵의 적(敵)은 과연 무엇일까요? 가장 큰 이인 하느님의 침묵은 우리가 서로 나눠야 할 사랑에의 요청일 거라는 생각을 죄스런 마음으로 감히 해봅니다.

크는 나무

나는 머리로만 살고 삶을 읽고 쓰려고만 했지 살아내고 있지는 않았음을 절감했다. 마른 나뭇잎 부서지듯 부서져 내렸다. 방에서만 커다랗던 내가 너무나 작아 보였다.

나름 사랑 많은 사람으로 살아가고자 하지만 여러 면에서 여린 물방울 같기만 하다. 조금의 균열에도 툭 터져버리고 만다. 벌거벗고 산등성이에 서서 가시 같은 바람을 맞으면 거북등 같이, 갈라진 나무 몸처럼 패이고, 주저앉아버리고 싶을 때가 너무나 많다. 왜 이리 사랑하며 살기가 힘든가?

그러나 겸손하게 바람을 맞으리라. 흔들리며 아파하리라. 진심으로 고뇌하리라. 순간순간이 혹독한 겨울일지라도 순간순간 햇살을 꿈꾸리라. 낙엽이 떨어지면 새 잎이 돋고 꽃봉오리 맺히는 봄이 오는 섭리를 진정 믿으리라. 희망을 꿈꾸리라.

어느 하루

오후 6시. 명동 ◇◇백화점을 향해 걸어가는데, 휑한 바람이 불고 가슴이 먹먹해 왔다. 속으로 비통한 절규가 올라왔다. 이 땅의 꽃들은 알록달록 아름답기도 한데… 아버지 가신 하늘나라도 가슴이 시리도록 아름다운 봄날일까?

언니들이 왔다. 백화점 안으로 휩쓸려가며 생경한 풍경 속에서 이방인이 된 듯하다. 삶의 부조리 앞에서 비틀거리고 걸어가며 속으로 부르짖었다. 그러나 나는 살아야 한다. 살아남아야 한다. 그런데 이것이 산다는 것인가? 이것이 살아남는다는 것인가? 순간 나도 의식하지 못하던 원초적 본능이 내 속에서 꿈틀댄 듯하다. 널려진 물건 사이로 눈이 빛났고, 손놀림이 빨라지고, 다른 사람들을 제치고 원하는 물건을 잡고자 몸을 던지고 있지 않는가? 이것이 삶이구나. 표리부동한 것이 삶일 수 있고, 그것이 '나'이구나. 깊은 한숨이 흘러나왔다.

시간은 흘러 백화점에서 안내방송이 나왔다. 안녕히 잘 가시라고. 모두 제각기 찾아가는 집이 있을 것이고 기다리고 있는 가족이 있을 것이다. 사랑하는 사람들이 있을 것이고, 지친 이 밤 위로해주는 그 무엇이 있을 것이다.

지하철 안, 누군가 내리고 난 자리에 앉았다. 휴대폰을 꺼내 들었다. 그리고 문자를 보냈다. 오늘 함께 해줘서 고마웠다고. 다음에 다시 기쁜 마음으로 만나자고. 다시 만날 수 있는 사람들, 귀한 사람들. 사랑합니다.

오늘

우리네 일상은 수 없이 반복되어 귀찮기까지 할 때가 있다. 그래서 습관적으로 하다가도 어느 날 문득 '내가 무엇을 위해 이것을 하고 있는가?', 나아가 '나는 무엇을 위해 살고 있는가?' 하는 허무감까지 들 때가 있다.

이 때 시지프 신화를 생각한다. '시지프는 그리스의 왕이었지만 신들의 노여움을 사서 지옥에서 끔찍한 운명을 선고 받는다. 그에게 주어진 임무는 거대한 바위를 언덕 꼭대기로 올렸다가 그 바위가 바닥으로 굴러 떨어지면 다시 언덕을 내려가 그 바위를 굴려 올려야 하는 것이었다. 영원히 이 작업을 반복해야 했다.'

우리의 삶은 쉽지 않다. 그러나 자신과 세계와 운명과 맞대면하는 항구적인 반항, 불모의 것인 줄 알면서도 계속하는 불굴의 인내, 깨어 있으며 하는 나날의 노력과 열정으로, 오늘도 바위를 굴려 올려야 하지 않을까?

명품정신

'진정한 명품이란 무엇일까?' 세상에서 가장 귀하고 소중한 '명품'은 '사람 자체'가 아닐까? 나와 타인과 주변을 사랑하는 마음, 아파하고 고통 받는 이와 함께 하려는 심성, 가진 것이 부족할지라도 나누려는 넉넉한 생각, 최고만을 위해서가 아니라 최선을 다해 노력하는 자세, 자연과 생명을 귀하게 여기고 돌봐주는 애정, 바르고 곧은 품성, 겸손과 온화함으로 섬기는 종교적 심성…

이러한 성품으로 가꿔가는 이들은 이를 바탕으로 늘 자신을 성찰하고 이웃의 목소리에 귀 기울여 자신과 주변을 명품으로 조각해가고 있는 것이다. 이들은 비어 있어도 충만하고 모자라도 넘치는 삶을 살아간다. 오늘도 맑은 눈을 뜨고 경쾌한 발걸음을 디디며 나 '자신'이 '명품'이 되어 보려고 노력하는 데서 그리스도의 향기가 난다.

함께

아프리카 수단의 톤즈 마을에서 희생과 봉사의 삶을 살다간 고(故) 이태석 신부는 다음과 같은 말을 했다. "내가 가진 것 하나를 열로 나누면 수학에서는 10분의 일로 줄어든다. 그러나 하늘나라의 수학에서는 '천'이나 '만'으로 부푼다." 한 알의 겨자씨가 되어 무성한 나무로 커간 그의 삶은 부풀고 부풀어 우리 삶에 살아 있지 않은가?

나눈다는 것은 내가 가진 것이 많아서 할 수 있는 것이 아니다. 나눈다는 것은 내가 남보다 뛰어나서 할 수 있는 것이 아니다. 나눈다는 것은 가난한 마음으로 '우리는 함께'라는 것을 자각하는 데서부터 시작하는 것이라 할 수 있다. 나아가 예수님은 우리에게 물으시고 있지 않는가? "네가 어느 때 내게 음식을 주었고 목마른 내게 마실 것 언제 주었나? 네가 어느 때 나를 집에다 모셨고 헐벗은 내게 입을 것 언제 주었나? 네가 어느 때 나를 돌보아주었고 병든 내게 문병을 언제 하였나?" 가난한 과부의 헌금(마르 13, 41-44) 렙톤 두 닢처럼 우리도 이웃에게! 그것이 우리가 해야 할 답은 아닐까?

행복에 이르는 길

인간은 무엇을 위해 사는가? 아리스토텔레스는 인간은 행복해지기 위해 산다고 했다. 그는 인간 삶의 최종 목적이자 선(善)은 행복이라고 보았다. 그럼 그가 말하는 행복이란 무엇인가? 이를 위해 아리스토텔레스는 인간이 자신의 고유한 본질적 활동에 충실할 것을 요구하는데, 인간의 본질적 활동은 이성적 능력을 잘 발휘하는 것이라 본다. 이성적 능력을 잘 수행할 때 인간은 인간다워지며 행복에 이른다는 것이다. 따라서 행복한 삶이란 진리를 얻기 위해 탐구하는 삶, 그리고 올바른 행동을 추구하는 도덕적인 삶이다. 이것이 인간답게 사는 길이며 잘 사는 것, 즉 행복이라는 것이다.*

우리는 "행복하신가요?"라는 질문을 접할 때 무엇이라 답하는가? 궁극적으로 예수 그리스도가 걸어가신

* 편상범, 『윤리학』, 민음인, 2009, 141~144쪽.

길을 따라 걸어가며 ‘인간답게 함께 잘 사는 것’, ‘인간답게 참되게 사는 것’은 무엇인가 고민해보고 찾아나서는 것이 진정한 행복에 이르는 길은 아닐까.

만남

"너희가 나를 사랑하면 내 계명을 지킬 것이다."(요한 14, 15) 하신 예수님!

우리는 누군가를 사랑하게 되면 그의 모든 것을 알고 싶어 하고, 그의 모든 것이 되고 싶고, 모든 순간이 그로 가득하다. 그가 조금이라도 다가오면 한없이 기쁘고, 그가 조금이라도 아플라치면 내가 더 아프고, 그가 조금이라도 멀어져 가면 스산한 뒷모습에 가슴이 저며 온다. 붉은 마음의 열병을 앓는다. 사람과의 사랑이 이럴진대 우리 모두를 진정으로 사랑해주시는 가없는 하느님께 대한 사랑은 더 깊고 붉고 모든 것이고 한결같아야 하지 않을까?

그러기 위해 마르지 않는 샘과 같이, 기도 속에서 하느님의 말씀을 길어 올리고 이를 실천하는 사랑의 행동을 해야 할 것이다. 그러나 이때 '나' 중심적이어서는 안 된다. 겸손히 하느님의 뜻을 구할 때 은총으로 하느님은 우리에게 다가오신다. 이러한 만남을 통해 인간은 변화하여 다른 이들을 하느님의 눈으로 보게 되고 하느님의 품처럼 껴안을 수 있는 것이다. “제가 원하는 대로 하지 마시고 아버지께서 원하시는 대로 하십시오.”(마태 26, 39)

추천의 글

'사랑'을 노래하던 이채현(스텔라) 시인이 이번에 뜻밖의 이미지를 들고 왔다. '밤'이다.

그 '밤'은 인고의 시간이면서도 정화의 시간이다. 어두컴컴한, 칠흑 같은 어둠이 아니라 여명의 기운이 움터오는, '밤빛'이 서려오는 시간이다. 투명하고 맑은 시어들이 어스름한 밤빛을 받아 정화의 길로 들어선다.

시인은 지난해 『사랑한다면』(2014)을 통해 나무·달·이웃 등 다양한 관계 안에 담긴 하느님의 마음을 읽어낸 바 있다. 나와 이웃을 비롯한 모든 살아 있는 생명들을 품어주라는 그분의 뜻을 옮기기 위해서다.

이제는 나약한 인간의 관점으로 솔직하게 돌아왔다. '당신과 결코 같아질 수 없는 운명', '결코 행복할 수 없는 인간'이라는 비극의 굴레로 옮겨왔다. 지칠 줄 모르는 임 향한 사랑이 그를 충동질한다. 그가 헐떡이며 찾고 있는 사랑의 대상이 무엇인지, 혹은 누구인지를.

일상에서 접하는 모든 이미지들이 기도이자 시의 소재가 된다. 보이는 것과 보이지 않는 것, 들려오는 것과 들리지 않는 것. 시인은 쉴 새 없이 그것이 무엇이고 그분이 누구인지를 찾아 헤맨다. 오랜 기다림인 만큼 성급하게 결론 짓거나 판단하지 않는다. 밤 속에서 오랫동안 곱씹는다('밤빛'). 그래서인지 이번 시들은 수도자들이 하루의 끝에 봉헌하는 양심성찰(良心省察)과 궤를 같이 한다.

이채현 시인과 나의 관계는 기고자와 기자의 관계에서 시작됐다. 나는 이채현 시인의 시를 우연찮게 접했고, 시의 면면에 흐르던 사랑의 맑은 기운에 감동했다. 당시 가톨릭신문 출판면을 담당하고 있던 터라 즉시 시인의 시집을 신간으로 소개했다. 이어 시인에게 연락해 '일요한담'이라는 부분에 기고를 청했다. 시인은 산문이라는 '낯선' 문체에 도전하는 게 부담이라며 손사래를 쳤지만, 내가 고집을 부려 기어이 시작하고야 말았다.

기고하면서 시인은 자주 "무엇이 '가톨릭'스러운 것인지"에 대해 깊이 있는 질문을 던졌다. 또, 다양한 인문학적 주제들이 교회적 맥락에서 어떻게 다양한 의미를 갖는지 묻고 탐구했다. 그 집념이 대단해서 감탄할 정도였다. 창작열이 샘솟는 이유를 알 듯 했다. 실제로 이채현 시인은 세상이라는 하얀 캔버스에 갖가지 이미지로 마구마구 그림을 그려냈다. 시나 글을 잘 쓰기 위해선 다작(多作)이 필요조건일진대, 시인의 성장 가능성은 무서울 정도였다. 이번 시집에는 그런 치열한 사유의 흔적들이 곳곳에 녹아 있다.

이번 시들은 희망의 여명이 동터오는 이미지로 가득하다. 십자가에 못 박은 손이 나의 손이라는 뼈아픈 반성('십자가')과 눈물과 죽음의 경계에서 본 그리움의 아버지('서럽던 어느 날') 등은 비극을 겪는 데만 머물지 않고 새로운 문제를 설정하도록 나아간다. 아울러 세상의 이치란 그렇고 그런 것이라는 절망과 체념에만 머물지 않고, 새로운 창안의 문제로 승화시킨다('세상아'). 희망이 가질 수 있고 없고의 문제가 아니라 그것을 통해 무엇을 하게끔 만드는 큰 용기의 발원지(發源

地)이기 때문이다.

시인은 새로운 어둠, 밤 속으로 걸어 들어가 그 혼돈 속에서 무력한 사유와 시에 작별을 고하고 새로운 사유와 시를 창안하려고 한다. 근저에서부터 물음을 던지며 새롭게 문제를 설정하고자 하는 것은 절망과 비극을 그대로 버려둘 수 없다는 최소한의 윤리가 시인을 가만 내버려 두지 않기 때문이다.

눈물과 애도, 우울의 시간이 넘실거린다. 동시에 다른 무언가가 필요한 시간이 오고 있다. 슬픔과 한탄이 아닌, 다른 무언가가 도래하고 있다. 그 새벽빛이 어스름하게 비춰진다. '밤빛'이 드리운다.

'밤빛' 출간을 진심으로 축하드린다.
마음 속 깊은 데서부터 응원을 보낸다.
태양 솟을 다음 시간이 벌써부터 기대된다면 사치일까.

2015년 한가위에,
김근영 드림
前 가톨릭신문사 취재기자
現 로사사회봉사회 법인사무국

지은이 이채현

1964년 경상북도 안동에서 태어나, 1988년 이화여자대학교 국어국문학과를 졸업하고, 1993년 이화여자대학교 교육대학원 교육학과를 졸업했다. 현재는 프리랜서 작가로 활동하고 있다. 시집으로 『그대에게 그런 나였으면』, 『하늘에서 꽃이 내리다』, 『사랑한다면』이 있다.

밤빛

1판 1쇄 인쇄_2016년 01월 10일
1판 1쇄 발행_2016년 01월 20일
교회인가_2016년 06월 21일

지은이_이채현
펴낸이_양정섭
펴낸곳_작가와비평
등록_제2010-000013호
블로그_http://wekorea.tistory.com
이메일_mykorea01@naver.com

공급처_(주)글로벌콘텐츠출판그룹
대표_홍정표
편집_송은주 디자인_김미미 기획·마케팅_노경민 경영지원_안선영
주소_서울특별시 강동구 천중로 196 정일빌딩 401호
전화_02-488-3280 팩스_02-488-3281
홈페이지_http://www.gcbook.co.kr

값 10,000원
ISBN 979-11-5592-170-8 03810

※ 이 도서의 국립중앙도서관 출판예정도서목록(CIP)은 서지정보유통지원시스템 홈페이지(http://seoji.nl.go.kr)와 국가자료공동목록시스템(http://www.nl.go.kr/kolisnet)에서 이용하실 수 있습니다. (CIP제어번호: CIP2015034413)